SECRETS d'HISTOIRE

Secrets d'Histoire est une émission de *France Télévisions*, présentée par Stéphane Bern depuis plus de 13 ans. Chaque épisode retrace la vie d'un grand personnage de l'histoire et met en lumière des lieux hautement emblématiques du patrimoine français ou international.

Direction de la publication : Carine Girac-Marinier
Direction éditoriale : Stéphanie Jouzier
Édition : Nadine Martrès
Rédaction : Valentin Verthé
Direction artistique : Ulrike Meindl
Conception graphique : Sophie Rivoire
Relecture : Élisabeth Le Saux
Mise en pages : Hélène Léonard
Fabrication : Audrey Chenu
Illustrations : © Shutterstock

21, rue du Montparnasse
75283 Paris Cedex 06

Conforme à la loi 49-956 du 16 juillet 1949 sur les publications destinées à la jeunesse.

ISBN : 978-2-03-602156-3

PAPIER À BASE DE FIBRES CERTIFIÉES

LAROUSSE s'engage pour l'environnement en réduisant l'empreinte carbone de ses livres. Celle de cet exemplaire est de : 1,7 kg éq. CO_2
Rendez-vous sur www.larousse-durable.fr

Achevé d'imprimer en Espagne par ESTELLA GRAFICAS
Dépôt légal : septembre 2022 – 331281/01
N° projet : 11050365 – août 2022

SOCIETE EUROPEENNE DE **PRODUCTION**

Secrets d'Histoire Junior

Si les Créatures Fantastiques m'étaient contées

Valentin Verthé

LAROUSSE

SOMMAIRE

LE BASILIC

Le basilic est un serpent au regard foudroyant.

LE ROI DES SERPENTS

Le basilic est une créature extrêmement dangereuse, qui vit dans des galeries souterraines. Ce monstre terrifiant n'aime pas se montrer à la lumière du jour et préfère vivre dans la pénombre à proximité d'une source d'eau.

UN VENIN ET UN REGARD MORTELS

Il est quasiment impossible de survivre si l'on a le malheur de croiser le regard d'un basilic. Ses yeux crachent un venin mortel et il a également le pouvoir de tuer quiconque entre au contact de sa peau. On peut aussi succomber juste en respirant son haleine qui dégage de la vapeur du venin.

COMMENT TUER LE BASILIC ?

Pour tuer ce serpent terrifiant, il suffit de lui présenter un miroir. La légende raconte qu'il est immédiatement tué par sa propre image. En réalité, l'explication est plus « scientifique » : comme tu as pu le lire plus haut, les yeux du basilic crachent du venin qui rebondit sur le miroir et revient l'empoisonner.

UN MONSTRE LÉGENDAIRE

- TAILLE : de 10 cm à 2 m.
- CARACTÉRISTIQUE : ses yeux crachent du venin.
- NAISSANCE : le basilic proviendrait d'un œuf de poule couvé par un serpent (ou un crapaud).
- COUSIN : le cocatrix.
- AUTRES NOMS : « roi des serpents », « sang de Saturne », basilicoq.
- ÉTYMOLOGIE : le nom « basilic » vient du grec ancien *basiliskon*, qui signifie « roi ».
- ORIGINE : mythologie grecque.

LE SAIS-TU ?

Alexandre le Grand avait un magnifique bouclier décoré d'un miroir afin de se protéger du basilic, qu'il craignait plus que tout.

MISE EN GARDE

Pour détecter la présence d'un basilic, généralement, on peut trouver des oiseaux morts et des fruits pourris à proximité de ses galeries souterraines.

SES ENNEMIS

Redouté par les hommes et les autres êtres vivants, le basilic a deux ennemis mortels... la belette et le coq. La belette est immunisée contre son venin et le chant du coq est un horrible supplice pour le serpent.

LE COCATRIX

Cousin du basilic, le cocatrix a un regard et un souffle qui sont également mortels.

UNE CRÉATURE DÉMONIAQUE

Le cocatrix est une créature incarnant la mort et le diable. La description de son apparence physique fait froid dans le dos : imagine-toi un instant cette horrible bête possédant un corps de serpent, une queue de dragon, une tête de coq, des yeux rouges ou noirs et des ailes de chauve-souris dont les doigts sont munis de griffes empoisonnées.

DISCRET ET CASANIER

De la même manière que le basilic, son regard et son souffle foudroient immédiatement le malheureux qui ose l'approcher. Fort heureusement, le cocatrix aime se cacher dans des grottes ténébreuses ou dans des endroits sombres et abandonnés. Cette créature aime le calme et déteste être dérangée.

LE POUVOIR DE L'ŒUF

Les œufs de cocatrix sont très recherchés par les sorciers et les magiciens en raison de leurs pouvoirs magiques. Plusieurs potions nécessitent l'utilisation d'œuf de cocatrix, notamment celle permettant de voyager dans le temps.

L'œuf de cocatrix a la particularité d'être pondu par... un coq. Oui, oui, tu as bien lu, un coq magique, d'où sa rareté !

UN MONSTRE LÉGENDAIRE

- LIEUX DE VIE : dans des grottes ou des endroits abandonnés.
- TAILLE : environ la taille d'une vache.
- CARACTÉRISTIQUES : son regard et son souffle sont mortels.
- COUSIN : le basilic.
- AUTRE NOM : cocadrille.

UNE LONGUE COUVAISON

Une fois que l'œuf a été pondu par le coq, il est ensuite couvé par un crapaud ou une poule noire durant sept à neuf ans !

Après de longues années, le cocatrix casse enfin sa coquille et, dès sa naissance, cette créature est aussi dangereuse qu'un cocatrix adulte.

DANGEREUX, MÊME MORT !

Il existe une différence avec le basilic que tu dois impérativement connaître, car cette information pourrait te sauver la vie : lorsque le basilic est mort, son regard n'est plus dangereux, mais ce n'est pas le cas du cocatrix. Même mort, son regard peut encore tuer !

LE CENTAURE

Mi-homme, mi-cheval, le centaure vit en communauté dans les forêts de Grèce.

DANS LES MONTAGNES GRECQUES

Grâce à ses quatre pattes puissantes munies de sabots, le centaure est capable de se déplacer facilement sur les parois abruptes des forêts du mont Pélion.

UN MARATHONIEN SAUVAGE

Le centaure est capable de courir extrêmement vite (environ 50 km/h) et de faire des bonds de plus de 10 m de long. Il peut parcourir jusqu'à 100 km par jour sans être épuisé quel que soit le relief et dans n'importe quelles conditions météorologiques.

UNE CRÉATURE SAUVAGE

La mythologie grecque utilise l'image du centaure pour essayer d'expliquer la différence entre l'état sauvage et l'état civilisé chez l'être humain. Cette créature nous rappelle que derrière nos sociétés développées, nous avons au fond de nous un côté bestial et sauvage.

LE PRÉDATEUR DES FORÊTS

Le centaure chasse ses proies grâce à un arc et des flèches. Il aime dévorer des biches, des sangliers ou encore de plus petits mammifères comme des lapins ou des renards.

UNE CRÉATURE MYTHOLOGIQUE

- TAILLE : environ 2,10 m de haut.
- POIDS : environ 350 kg.
- AUTRES NOMS : bucentaure, onocentaure, hippocentaure.
- ORIGINE : mythologie grecque.

CHIRON ET PHOLOS

Chiron et Pholos sont deux centaures polis, gentils, courtois et bienfaisants. Ce sont des êtres sages, toujours prêts à rendre service. Ils ont horreur de la violence et prônent l'amour et la sagesse. Chiron est également connu pour avoir entraîné les plus grands héros de la mythologie grecque, notamment Achille, Jason ou encore Hercule.

Ironie tragique, c'est Hercule qui tue Chiron en le touchant maladroitement avec une flèche empoisonnée...

LES COUSINS DU CENTAURE

Les centaures-tritons (mi-poisson, mi-cheval), vivent sous l'eau. Ces créatures marines sont très connues car elles ont l'honneur de tirer le char de Poséidon.

Les onocentaures, des créatures mi-homme, mi-âne sont très proches du centaure classique, mais sont plus petites et moins puissantes.

Les bucentaures (mi-homme, mi taureau) sont extrêmement rares et encore plus puissants et plus impressionnants que les centaures habituels.

CERBÈRE

Cerbère, gardien des Enfers, est un chien monstrueux possédant trois têtes.

AU SERVICE DU MAÎTRE DES ENFERS

Prends garde, car cette créature terrifiante a toujours de l'appétit, en particulier pour de la viande fraîche et vivante... Tu l'auras compris, Cerbère n'est pas un gentil petit toutou à trois têtes que l'on caresse et qui aime jouer et rapporter des bâtons. Non, Cerbère est une créature dangereuse et agressive.

UNE TRANSFORMATION REDOUTABLE

Enchaînée devant l'entrée des Enfers, pour mener à bien sa mission, cette créature est capable de modifier sa taille si un danger se manifeste. En effet, Cerbère a la taille d'un chien classique, mais en cas d'agression, il peut se transformer et mesurer jusqu'à 9 m de hauteur.

LE GARDIEN PROTECTEUR DES MORTS

Cerbère vit dans le monde souterrain des ténèbres des Enfers, au service d'Hadès (le dieu des morts). Son rôle est de défendre la porte qui y mène afin d'empêcher les morts de remonter à la surface. Comme tu peux le constater, cette créature polycéphale (avec plusieurs têtes) dissuade les morts de quitter les Enfers et surtout les vivants de venir les aider à s'enfuir.

UN CHIEN D'ATTAQUE

Cerbère possède des crocs tranchants et pointus, capables de dévorer n'importe quelle créature. De plus, sa bave toxique est récupérée par les magiciens et les sorciers pour fabriquer des potions magiques.

UN MONSTRE MYTHOLOGIQUE

- TAILLE : variable (de 80 cm à 9 m).
- POIDS : variable (de 10 à 800 kg).
- PARTICULARITÉ : chien de garde d'Hadès.
- FRÈRES ET SŒURS : Orthos, Hydre de Lerne, lion de Némée, Chimère.
- ÉTYMOLOGIE : le nom Cerbère signifierait « dévoreur de chair ».
- ORIGINE : mythologie grecque.

STAR DE CINÉMA

Cerbère est présent dans le film *Harry Potter à l'école des sorciers*. Il s'agit de Touffu, un chien à trois têtes qu'Hagrid a acheté à un ami grec dans un pub. Dumbledore confie ensuite à Touffu la mission de protéger la « pierre philosophale ». De la même manière que les gâteaux pour Cerbère, Touffu a un point faible... la musique. Pour l'endormir et le rendre inoffensif, il suffit de jouer un petit air. À la fin de l'histoire, Touffu est finalement relâché dans la forêt interdite.

SON POINT FAIBLE : LES GÂTEAUX

Si tu dois un jour faire face au terrible Cerbère (ce que je ne te souhaite pas !), il existe une astuce incroyable pour l'amadouer. Si terrifiant soit-il, Cerbère a un point faible... les gâteaux au miel. Durant ce moment d'inattention si on lui offre cette gourmandise, l'entrée des Enfers devient accessible !

CHARYBDE ET

Charybde et Scylla sont deux monstres marins postés de part et d'autre du détroit de Messine, terrorisant ainsi les marins qui s'en approchent par mégarde.

CHARYBDE

Charybde est une humaine ayant pour parents Poséidon et Gaia. Sa particularité est de toujours être affamée, d'où son besoin irrépressible de chasser des animaux pour les dévorer.

GOURMANDE ET IMPRUDENTE

Un beau jour, Charybde, victime une nouvelle fois de sa gourmandise, commet l'imprudence de voler et manger une partie du bétail d'Hercule (le fils de Zeus). Très en colère contre Charybde, Zeus la punit et, grâce à sa foudre divine, il la transforme en gouffre marin en plein milieu du détroit de Messine.

LE SAIS-TU ?

De nos jours, l'expression « tomber de Charybde en Scylla » signifie « aller de mal en pis ». Cela signifie que certains problèmes sont tellement importants que l'on ne peut pas les fuir ou que certaines souffrances sont tellement fortes qu'elles ne peuvent pas disparaître.

PUNIE POUR TOUJOURS

Trois fois par jour, Charybde engloutit des milliers de litres d'eau, formant ainsi des tourbillons qu'aucun navire ne peut franchir. Même Poséidon, le dieu des mers et des océans, est impuissant face à cette force issue des profondeurs de la mer.

SCYLLA

SCYLLA

De l'autre côté de la rive du détroit de Messine se trouve la terrible créature Scylla. Avant de devenir un monstre, Scylla était une nymphe.

LA VENGEANCE DE CIRCÉ

Le dieu Glaucos est follement amoureux de Scylla, mais cet amour n'est pas réciproque. Désespéré, Glaucos demande à Circé, une puissante magicienne, de confectionner un élixir d'amour. Mais ce que Glaucos ignore, c'est que la magicienne est elle-même amoureuse de lui. Pour se venger, Circé confectionne un terrible poison.

UN AMOUR EMPOISONNÉ

Le naïf Glaucos verse ce qu'il pense être un philtre d'amour dans la fontaine où Scylla a l'habitude de se baigner. Au contact de l'eau empoisonnée, la belle nymphe se transforme en une horrible créature marine.

DE LA NYMPHE AU MONSTRE

Scylla possède six têtes fixées sur de très longs cous, ainsi qu'une triple rangée de dents. Son cri ressemble à des aboiements de chiens résonnant dans une caverne. Ce monstre se venge du sort qui lui a été jeté en terrorisant ceux qui ont le malheur de l'approcher.

LA CHIMÈRE

Dans la mythologie grecque, la Chimère est un monstre hybride possédant les attributs de trois animaux.

TROIS CRÉATURES EN UNE

La Chimère a le corps et la tête d'un lion, mais sur son dos se trouve une tête de chèvre et sa queue est un serpent. En plus de ces horribles caractéristiques, la Chimère est capable de cracher du feu jusqu'à 10 m de distance ! Ce monstre est un véritable lance-flammes vivant.

D'ILLUSTRES PARENTS

La Chimère a été engendrée par Typhon le Titan des tempêtes et du vent et Echidna, créature mi-femme mi-serpent, mère de nombreu monstres de la mythologie Selon le poète gre Hésiode, la Chimèr a elle-mêm engendré un autre créatur mythologique le sphinx.

LA TERREUR DE BODRUM

La Chimère fait régner la terreur dans toute la région de Bodrum, en Turquie. Ce monstre hideux dévore des centaines de malheureux paysans et est responsable de nombreux incendies. Face à cette injustice, le héros grec Bellérophon décide de chasser cette créature avec l'aide de sa monture, le sublime Pégase.

VAINCUE PAR BELLÉROPHON

Pour vaincre cette terrible créature, Bellérophon a une idée : il fabrique une lance en plomb. Bellérophon, chevauchant Pégase, voltige autour de la Chimère, qui commence à fatiguer. Après un combat héroïque, il terrasse la Chimère en lui enfonçant dans la gueule sa lance en plomb, qui fond au contact du feu et lui brûle les entrailles.

LE SAIS-TU ?

Le mot « chimère » est utilisé de nos jours afin de définir une idée séduisante mais impossible à réaliser réellement. La chimère caractérise un produit de l'imagination.

UNE FIN TRAGIQUE

Le monstre pousse d'horribles cris que l'on entend à plus de 100 km à la ronde. Le héros grec vient de libérer la région d'un terrible fléau. Ce duel entre Bellérophon et la Chimère figure sur de nombreuses œuvres d'art ainsi que sur des pièces de monnaie de l'Antiquité grecque.

UN MONSTRE MYTHOLOGIQUE

- LIEU DE VIE : en Turquie.
- TAILLE : 3 m.
- POIDS : 250 kg.
- PARTICULARITÉ : capable de cracher du feu.
- FRÈRES ET SŒURS : Orthos, Hydre de Lerne, lion de Némée, Cerbère.
- ÉTYMOLOGIE : le nom Chimère vient du grec *khimaira* qui désigne une jeune chèvre.
- ORIGINE : mythologie grecque.

LES CYCLOPES

Les Cyclopes, créatures de la mythologie grecque, sont des géants monstrueux qui ne possèdent qu'un œil.

PLUSIEURS GÉNÉRATIONS

Il existe quatre générations de Cyclopes : les Cyclopes ouraniens (les enfants d'Ouranos) ; les Cyclopes forgerons ; les Cyclopes bâtisseurs ; les Cyclopes pasteurs.

FILS DE GAÏA ET D'OURANOS

Parmi les douze enfants nés de l'union de Gaia, la déesse de la Terre, et d'Ouranos, le dieu du Ciel étoilé, trois d'entre eux sont des Cyclopes : Brontès, Stéropès et Argès. Dotés d'une force exceptionnelle, les Cyclopes sont craints par Ouranos, qui les enferme dans le Tartare (région souterraine comparable aux Enfers).

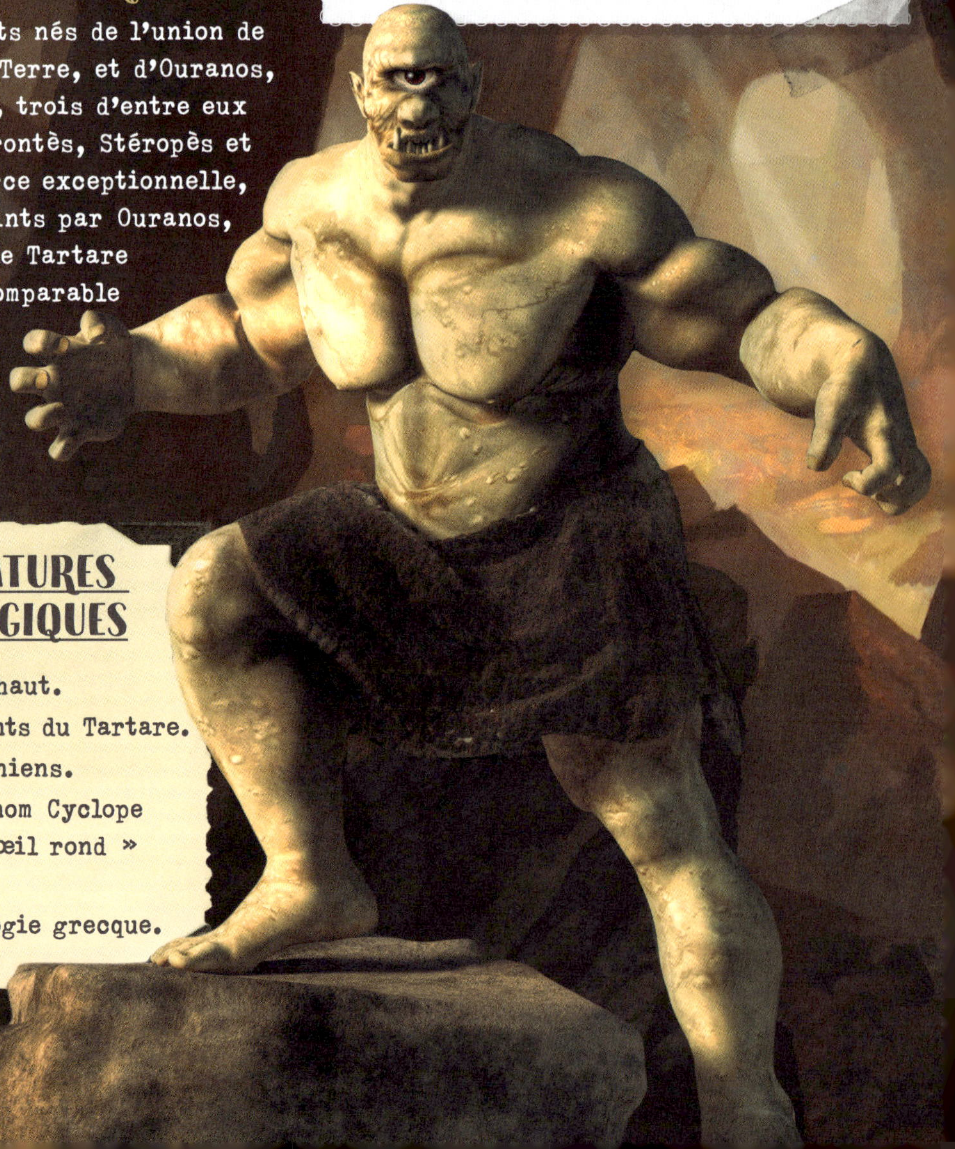

DES CRÉATURES MYTHOLOGIQUES

- TAILLE : 20 m de haut.
- COUSINS : les géants du Tartare.
- AUTRE NOM : Ouraniens.
- ÉTYMOLOGIE : le nom Cyclope se traduit par « œil rond » en grec ancien.
- ORIGINE : mythologie grecque.

DIEUX DU CIEL

Les Cyclopes, avant de devenir des êtres sauvages dévoreurs d'humains, étaient des dieux du Ciel pourvus d'une arme redoutable : le foudre. Leur unique œil au milieu du front symbolisait le Soleil au milieu du Ciel. Libérés du Tartare par leur frère Cronos, les Cyclopes y retourneront sur l'ordre du même Cronos après l'avoir aidé à vaincre leur père Ouranos.

ZEUS, LE LIBÉRATEUR

C'est Zeus qui libère les Cyclopes. Pour le remercier, ils lui fabriquent le foudre, qui lui permettra de vaincre Cronos et les autres Titans. Ces maîtres de la forge fabriquent également le trident de Poséidon, l'arc et les flèches d'Artémis et le casque d'Hadès.

ULYSSE ET POLYPHÈME

Un jour, Ulysse se fait capturer par un Cyclope nommé Polyphème. Pour s'échapper, il lui crève l'œil, se cache sous le ventre d'un mouton et prétend se prénommer « Personne ». Lorsque les cris de douleur du géant attirent les autres Cyclopes, Polyphème ne peut que hurler que Personne l'a rendu aveugle.

UN CONSEIL AVISÉ

Avant de tourner cette page, retiens ce petit conseil qui te permettra de sauver ta vie en cas d'attaque d'un Cyclope. Si tu tires une flèche ou que tu enfonces une épée dans son œil, il tombera raide mort en un instant !

LE DRAC

Le Drac est un terrifiant dragon qui se transforme en diverses créatures pour piéger ses proies.

DES APPARENCES DIVERSES

Rusé, manipulateur et intelligent, ce monstre transformiste est diabolique. Habituellement, le Drac est représenté sous la forme d'un gigantesque lézard possédant des ailes et des pieds palmés. Selon les régions où le mythe est présent, son apparence peut varier et cette créature, invisible pour les humains, peut se transformer en homme-serpent ailé, en loup-garou, en lutin ou encore en oiseau.

LE GÉNIE DES EAUX

De nombreuses villes de Provence ont connu des crues et des inondations dévastatrices. C'est ainsi que les dangers des cours d'eau serpentés ont été assimilés au diable symbolisé par le Drac. Cette légende servait en quelque sorte à mettre en garde les jeunes enfants contre les dangers encourus lorsqu'on s'approche des rives des cours d'eau.

UNE TECHNIQUE DE CHASSE BIEN RODÉE

La plupart du temps, ce monstre peuple les rivières du sud de la France, notamment en Occitanie et en Catalogne. C'est près des sources et des rivières qu'il attire ses proies, souvent de jeunes villageois à qui il promet la découverte d'un fabuleux trésor. Son apparence humaine et les quelques objets dorés flottant sur l'eau mettent en confiance les crédules villageois, lesquels, une fois près du cours d'eau, se font dévorer par le Drac qui reprend alors son apparence terrifiante.

UN ANIMAL LÉGENDAIRE

- REPRÉSENTATION : créature polymorphe.
- LIEUX DE VIE : sources et cours d'eau.
- ÉTYMOLOGIE : le nom Drac vient du latin *draco* et a la même origine que « dragon ».
- MOTS DE LA MÊME FAMILLE : Dracula (le célèbre vampire) ou le « drakkar » (le navire viking).

LE RYUJIN

Le Ryujin est un gigantesque dragon marin.

UN GIGANTESQUE DRAGON

Dans la tradition mythologique japonaise (le shintoïsme), le Ryujin est décrit comme étant le dieu de la mer. Cette créature a l'apparence d'un gigantesque dragon et vit dans un somptueux palais sous-marin (le Ryugu-jo).

LE ROI DE LA MER

Ce roi de la mer domine les autres créatures aquatiques, comme les poissons, les tortues ou encore les méduses, qui sont ses serviteurs (tiens, tiens, tu ne trouves pas que cette légende ressemble à *La Petite Sirène* de Disney ?).

UNE CRÉATURE LÉGENDAIRE

- CARACTÉRISTIQUE : il possède un trésor lui donnant des pouvoirs magiques.
- FAMILLE : Ryujin est le père d'Otohime.
- ORIGINE : mythologie japonaise.

LE POUVOIR DU RYUJIN

Le Ryujin possède un magnifique trésor composé de joyaux magiques. Ces joyaux lui donnent le pouvoir de contrôler les marées. Selon les mythes japonais, au IIIe siècle après J.-C., l'impératrice du Japon, Jingu, a pu anéantir une tentative d'invasion de la Corée grâce aux joyaux de Ryujin. Ce pouvoir lui a permis de déclencher une marée basse et de faire échouer les bateaux coréens avant de les noyer en déclenchant ensuite une marée haute.

LE PÈRE D'OTOHIME

Les légendes japonaises racontent que le dragon Ryujin est le père d'Otohime, une magnifique déesse qui a épousé un chasseur nommé Hoori. À la naissance de leur fils, Otohime s'est transformée en dragon et a disparu à jamais. Elle est la grand-mère de Jinmu, le tout premier empereur du Japon.

Dans le manga *One Piece*, le personnage d'Otohime est une sirène reine du royaume de Ryugu.

LE LÉVIATHAN

Cet étrange monstre marin a l'apparence d'un serpent géant, d'un dragon et d'un poisson.

LE PLUS FORT DES DRAGONS

Le Léviathan est un gigantesque dragon qui a suffisamment de force pour détruire la Terre et tous les êtres vivants. Les flammes qu'il crache font bouillir les océans et sa queue géante soulève les mers, provoquant des raz de marée. Si tu le croises un jour, sauve-toi sans attendre. Tu ne pourras rien faire contre ses solides écailles et ses griffes acérées.

LE SAIS-TU ?

Le Léviathan apparaît dans les textes religieux car il s'oppose à la Création de Dieu. Grâce à ses pouvoirs, il peut avaler l'âme des hommes et sa gueule est perçue comme l'une des portes des Enfers...

LE DRAGON

LE DRAGON ROUGE GALLOIS

Dans la mythologie celtique, une célèbre lutte oppose le dragon rouge (représentant le pays de Galles) au dragon blanc (symbolisant les envahisseurs germaniques). Lors de ce duel épique, les deux dragons s'affrontent dans un combat aérien incroyable.

UN DUEL À MORT

Le dragon rouge et le dragon blanc se battent à coups de griffes, mais le dragon blanc finit par atteindre le cœur du dragon rouge. Ce dernier est sur le point de mourir lorsque, dans un dernier geste, il parvient à transpercer le cou du dragon blanc. Les deux dragons s'écroulent au sol en formant un nuage de poussière et meurent tous les deux.

UN DRAGON QUI SÈME LA TERREUR

Un vieux magicien raconte que les corps des deux dragons ont été enterrés à Oxford afin de protéger l'île de toute invasion étrangère. Tant que ces deux dragons reposent en paix, l'île reste invincible.

UN MONSTRE LÉGENDAIRE

- REPRÉSENTATION : rouge, avec des ailes et des griffes sur les pattes.
- LIEU DE VIE : l'île de Bretagne.
- TAILLE : environ 20 m de hauteur.
- PARTICULARITÉ : il possède une langue pointue.
- AUTRE NOM : dragon gallois.
- ORIGINE : mythologie celtique.

ROUGE

LE DRAGON DES DRAKKARS

Les Vikings arboraient souvent une figure de dragon sculptée dans le bois sur la proue de leurs bateaux. La présence de cette créature légendaire permettait de protéger le navire et l'équipage des mauvais esprits et surtout d'effrayer leurs ennemis.

LE SAIS-TU ?

De nos jours, le dragon rouge est l'emblème du pays de Galles. On le retrouve d'ailleurs sur le drapeau gallois.

LE DRAGON ROUGE DE L'APOCALYPSE

Ce terrible dragon gigantesque incarne le diable.

L'INCARNATION DU DIABLE

Avec ses sept têtes, ce dragon est le monstre le plus terrifiant du monde. Il est l'incarnation du diable et de toutes ses perversions. Ce dragon mène un combat contre les anges et les forces du bien. Ce dragon peut semer le chaos en déversant d'immenses quantités d'eau provenant de sa bouche sur toute la Terre. Cette créature peut également détruire une partie du ciel d'un simple coup de sa queue.

LA FIN DU MONDE

Les récits bibliques prédisent que la prochaine apparition du dragon de l'Apocalypse sera le signe annonçant la fin du monde... Espérons que ce dragon ne trouve jamais le chemin pour venir sur la Terre !

LE DRAGON

Le dragon de glace est une créature légendaire qui vit dans les régions froides de l'Arctique.

LE ROI DE L'ARCTIQUE

À l'inverse des dragons classiques, ce dragon ne crache pas de feu, mais son souffle est si froid qu'il transforme tout être vivant en statue de glace.

LA LÉGENDE DU PÔLE NORD

Un sorcier norvégien raconte qu'un jour, le dragon de glace aurait donné des pouvoirs magiques à trois hommes choisis au hasard. La condition était qu'ils devaient utiliser cette magie uniquement dans le but d'aider les habitants de leur village et de faire le bien autour d'eux. Chacun d'eux avait un pouvoir : la puissance, l'intelligence et la richesse.

DE GLACE

IL FAUT TOUJOURS ÉCOUTER LE DRAGON !

Rendus fous par ces nouveaux pouvoirs, les trois hommes les utilisent pour soumettre les habitants du village et les terroriser. Furieux, le dragon de glace les punit en les transformant en statues de glace afin de rappeler aux villageois que ce sont leur égoïsme et leur arrogance qui les ont menés à leur perte. La légende raconte que c'est le souffle de ce dragon qui a permis de recouvrir de glace toute la région du pôle Nord appelée aujourd'hui « Arctique ».

UN VÉRITABLE DINOSAURE ?

Un dinosaure, découvert au Canada en 2019, a été baptisé « le dragon de glace ». Il s'agit d'un gigantesque ptérosaure possédant des ailes de 10 m d'envergure et pesant 250 kg. Ce monstre volant était carnivore et se nourrissait probablement de petits dinosaures et/ou de leurs bébés.

UNE HISTOIRE POUR LES ENFANTS

Le romancier américain George R. R. Martin, le célèbre auteur de *Game of Thrones*, utilise cette légende du dragon de glace dans l'une de ses histoires. Ce dragon de glace, pourtant terrifiant, est dompté par une jeune fille, Adara. L'héroïne de cette histoire doit sauver le monde de la destruction grâce à son dragon.

UN MONSTRE LÉGENDAIRE

- LIEU DE VIE : pôle Nord.
- TAILLE : 30 m de hauteur.
- PARTICULARITÉ : crache un souffle glacial.
- ORIGINE : mythologie scandinave.

LE DRAGON

UNE SEULE VERTU : LA PATIENCE

Ce dragon aime vivre dans les marais sombres et boueux. Il déteste la lumière du soleil et peut rester ainsi caché dans les eaux boueuses pendant plusieurs semaines, sans en sortir. Il sort le bout de sa gueule uniquement pour respirer. Cette créature reste ainsi totalement immobile en attendant sa prochaine proie.

DES MARAIS

UN MONSTRE LÉGENDAIRE

- REPRÉSENTATION : un reptile volant.
- LIEU DE VIE : dans les marais.
- CARACTÉRISTIQUE : noir, avec des yeux orange.
- POUVOIR : capable de porter neuf fois son poids.
- AUTRE NOM : Bogwing.
- ORIGINE : l'univers de *Star Wars*.

UNE CRÉATURE CARNIVORE

Ce dragon terrifiant ne mange que de la viande fraîche... avec une petite préférence pour les humains. Grâce à ses dents tranchantes, aucune proie ne lui résiste. Pour te donner une idée, sa mâchoire est si puissante qu'il peut plier une épaisse barre de métal comme si c'était une feuille de papier !

SAUVE QUI PEUT !

Pour chasser, ce dragon attend tout simplement qu'une proie passe à proximité de son territoire. Grâce à ses pattes puissantes, il se déplace facilement dans la boue et ne laisse aucune chance à ses victimes lorsqu'il se jette sur elles.

LE POUVOIR DES FRUITS

Mais, comme tout être vivant sur la Terre, le dragon des marais a un point faible : il déteste l'odeur des fruits. Donc, pour anticiper toute tentative d'attaque de sa part, lorsque tu te promènes dans les marais, il te suffit de porter un panier rempli de fruits ou d'en manger avant de partir de chez toi... et, de surcroît, c'est excellent pour la santé !

LE YAMATA-NO

UNE APPARENCE SURPRENANTE

Cette créature monstrueuse, affublée de huit têtes, vit dans la région de Hokuriku, au Japon. Son apparence est terrifiante : ses yeux sont rouges et sur son ventre coule du sang. Mais, détail étonnant, son dos est recouvert de végétation et d'arbres brûlants.

-OROCHI

UN DRAGON TERRIFIANT

Traditionnellement, les dragons ont une connotation positive dans la culture asiatique. Cependant, le Yamata-no-Orochi, ce monstre diabolique, dévore les jeunes filles grâce au souffle empoisonné de ses huit têtes. Chacune d'elles représente un élément : le feu, la terre, le poison, la foudre, l'eau, le vent, les ténèbres et la lumière.

LA STAR DES MANGAS

Dans la culture populaire japonaise, ce monstre est extrêmement présent particulièrement dans les mangas et dans les jeux vidéo. On peut notamment le retrouver dans *Naruto*, où le personnage d'Orochimaru prend la forme de ce dragon à huit têtes.

LE PIÈGE DE SUSANOO

Le valeureux Susanoo, le dieu des tempêtes, décide de combattre ce monstre légendaire. Pour vaincre ce dragon à huit têtes, Susanoo a une idée : le piéger avec huit tonneaux remplis de saké (un alcool japonais) disposés devant huit trous percés dans une palissade encerclant le village.

VAINCU PAR SUSANOO

Grâce à cette ruse, Susanoo s'approche du dragon qui est ivre et tranche d'un coup de sabre la seule tête qui ne buvait pas et qui devait surveiller les sept autres. Furieux, le dragon tente de se défendre, mais Susanoo parvient à couper les sept autres têtes, libérant ainsi le village de ce monstre malfaisant.

L'ÉPÉE SACRÉE DU JAPON

Susanoo découvre à l'intérieur de la queue du dragon l'épée de Kusanagi-Tsurugi (« l'Épée-Nuage sourcilleuse du ciel »). Il l'offre à sa sœur Amaterasu, la déesse du Soleil et la mère des empereurs. Pour les Japonais, cette épée de Kusanagi est aussi légendaire que Excalibur ou Durendal en Europe. C'est l'un des trois trésors sacrés du Japon.

LA WYVERNE

La wyverne apparaît dans les légendes d'Europe du Moyen Âge.

L'APPARENCE DE LA WYVERNE

Lointaine cousine du dragon, la wyverne est plus petite, n'a que deux pattes et des ailes ressemblant à celles des chauves-souris, dont la particularité est d'être rattachées aux pattes. Parfois le bout de ses ailes se termine par de puissantes griffes.

UN MONSTRE LÉGENDAIRE

- TAILLE : 10 mètres de hauteur.
- PARTICULARITÉ : ne crache pas de feu.
- AUTRE NOM : la vouivre.
- ÉTYMOLOGIE : le nom « wyverne » viendrait du latin *vipera*.
- ORIGINE : Europe.

HÉROÏNE DE JEUX VIDÉO

La wyverne est une véritable star de plusieurs jeux vidéo ou jeux de rôle comme *Donjons et Dragons*, *Warhammer*, *Warcraft* ou encore *Final Fantasy*. Elle est également présente sur le logo de la marque de voitures italienne Alfa Romeo, marque fondée à Milan où une wyverne est l'un des symboles de la ville.

LE SAIS-TU ?

Selon les légendes, ce monstre peut également posséder une pierre précieuse sur le front (une escarboucle), attirant ainsi la convoitise des hommes.

UN DARD REDOUTABLE

À l'inverse du dragon classique, la wyverne ne crache pas de feu mais possède une queue dotée d'un énorme dard empoisonné, semblable à celle d'un scorpion. Son dard est tellement dangereux qu'une goutte de poison suffit à tuer un homme en quelques minutes. Il existe un antidote mais, pour cela il faut confectionner une potion magique très difficile à concocter, car elle doit contenir une larme de sirène.

UN ANIMAL SOLITAIRE

Très violente, un peu stupide mais rapide et vorace, la wyverne vit dans des cavernes cachées dans la montagne. Elle n'aime pas le bruit et l'agitation, mais attention, si tu t'approches un peu trop près de sa tanière, elle peut te dévorer en un instant !

LE DRAGON CHIN

Le dragon chinois est un long lézard ne possédant pas d'ailes.

UN DRAGON SANS AILES

Le dragon chinois ressemble à un long lézard et n'a pas d'ailes, mais néanmoins, il est capable de voler grâce à une crête magique se trouvant au-dessus de sa tête. Son corps est recouvert d'écailles de carpe, sa gueule est pourvue de grandes dents et d'une longue langue.

BARBU ET MOUSTACHU !

Jusque-là, pas trop de différences avec notre dragon d'Europe, mais ce qui va te surprendre, c'est d'apprendre que ce dragon a des poils ! Des touffes de poils apparaissent par-ci par-là sur son corps, il a une crinière, des sourcils, une barbe et... une longue moustache !

UNE CRÉATURE FANTASTIQUE

- LIEUX DE VIE : dans l'eau ou sur les nuages.
- TAILLE : 10 m de long.
- CARACTÉRISTIQUE : a des poils sur ses écailles.
- POUVOIR : force surnaturelle.
- ÂGE ADULTE : environ 3 000 ans
- AUTRE NOM : Ying long.

OIS

ADULTE À 3 000 ANS !

Le dragon chinois doit attendre environ 3 000 ans pour atteindre l'âge adulte ! Tout d'abord, son œuf met 1 000 ans à éclore, et à la naissance, il ressemble à un petit serpent qui vit dans l'eau. Il met ensuite 500 ans pour grandir et développer une tête de carpe, et doit encore patienter 1 500 ans pour développer son corps, ses poils, ses quatre pattes griffues et sa magnifique queue.

VÉNÉRÉ PAR LES CHINOIS

Une fois arrivé à l'âge adulte, ce dragon incarne l'immortalité, la puissance et la persévérance. Cela fait de lui un être respecté et vénéré par les Chinois, qui lui donnent le nom de Ying long. Si on ne lui accorde pas le respect qu'il mérite, le dragon est capable de provoquer de terribles catastrophes comme des inondations, des tempêtes, des déluges... mais la plupart du temps, le dragon chinois est bienveillant et apporte le bonheur.

LA PERLE DE LA CHANCE

Grâce à une perle magique qui porte chance, le dragon chinois possède des pouvoirs magiques. On raconte qu'après la mort du dragon, un humain peut tenter de récupérer la perle. Si son âme est pure, il pourra saisir la perle entre ses deux mains et deviendra empereur de Chine. En revanche, si son âme est malfaisante, en touchant la perle, il brûlera immédiatement. Alors, as-tu envie de tenter ta chance ?

L'ELFE

L'elfe est une créature légendaire dont l'apparence, le rôle et la symbolique sont très différents selon les pays ou les régions.

UN ÊTRE DIVIN

À l'origine, l'elfe vient de la mythologie nordique scandinave et symbolise les phénomènes atmosphériques bienfaisants. À l'inverse des divinités majeures de la mythologie nordique (Odin, Thor, Loki...), il est considéré comme une divinité mineure de la fertilité et de la nature.

STAR DE CINÉMA

De nos jours, les elfes sont représentés dans la littérature mais également dans les jeux de type *MMORPG* et *World of Warcraft* ou *Eragon* et dans l'univers de J. R. R. Tolkien, les elfes sont créés par Eru Ilúvatar, l'équivalent de Dieu, et sont les premières créatures douées de parole et d'intelligence. Ils sont beaux, nobles et loyaux.

LE GARDIEN DE LA NATURE

En connexion avec la nature, l'elfe est un être sage, juste et généreux. Il protège les environnements naturels ainsi que les créatures qui les peuplent. Selon lui, la vie sous toutes ses formes est précieuse, il faut donc la chérir et la protéger.

PLUSIEURS FAMILLES

Les elfes sont divisés en plusieurs catégories. Il existe des elfes dorés, leurs cheveux sont blonds et ils vivent dans une cité d'or. Il existe les elfes argent ou elfes lune, les elfes de glace et les elfes noirs.

BEAUTÉ ET JEUNESSE

L'elfe est d'apparence jeune et d'une grande beauté. Il se distingue des humains par des oreilles pointues ainsi que par de longs cheveux lisses et soyeux. Il est grand et élancé, d'où sa prestance divine. L'elfe est par ailleurs très sûr de lui et un peu prétentieux. Cette arrogance peut lui jouer de vilains tours, puisqu'il ne s'imagine jamais pouvoir perdre !

ARTISTE ET MAGICIEN

Selon les légendes, l'elfe aurait vécu avec les humains et se serait installé plus tard dans la forêt. Il manie les armes dès l'enfance, mais il aime également les bijoux, l'art et les chansons. Considéré comme immortel et ayant des pouvoirs magiques, on le voit comme le personnage merveilleux du conte légendaire et de la fantasy.

UNE CRÉATURE FANTASTIQUE

- TAILLE : entre 1,80 m et 2,90 m.
- RÔLE : gardien de la nature.
- COUSIN : Huldufólk.
- AUTRE NOM : les elfes sont surnommés le Beau Peuple.
- ORIGINE : mythologie nordique.

LE LUTIN

Le lutin est une créature espiègle dotée de nombreux pouvoirs magiques.

UNE CRÉATURE INVISIBLE

Rares sont les chanceux qui ont pu observer un lutin ou un farfadet. En effet, ces lutins d'à peine 50 cm de hauteur ont le pouvoir d'invisibilité et de métamorphose. Invisibles, ils agissent comme des esprits et lorsqu'ils prennent l'apparence d'un animal, c'est pour vivre en paix avec la nature. Si, malgré tout, tu as la chance d'en voir un, il ressemble à un petit vieillard au visage ridé, vêtu de haillons, avec un bonnet pointu.

UN DRÔLE DE PLAISANTIN

Espiègle, le lutin est un grand farceur. Il adore faire des blagues et avec lui, c'est le 1er avril toute l'année ! Lorsque tu glisses ou que tu fais tomber un objet, dis-toi que c'est peut-être un lutin coquin et invisible qui se cache derrière cette maladresse.

LE TRÉSOR DES FARFADETS

Une légende raconte que les farfadets (nom des lutins dans le Poitou et en Vendée) cachent un fabuleux trésor sous une énorme pierre magique située au fond d'une grotte. Cette pierre ensorcelée est impossible à soulever même avec les outils les plus puissants du monde. Si tu veux t'emparer de ce trésor, tu dois savoir que chaque année, le soir de Noël, cette pierre perd son pouvoir magique au moment des douze coups de minuit.

UN PETIT FOU !

Autant le lutin peut être bienveillant, serviable, protéger les enfants ou les animaux, autant il peut se transformer en démon nocturne, en bandit voleur ou commettre de grosses bêtises. On lui donne aussi le surnom de follet (petit fou) en raison de son caractère très changeant.

DES RONDS DE SORCIÈRE

Chaque jour, au crépuscule, les korrigans (nom donné aux lutins de Bretagne) se rassemblent pour danser. Pour délimiter l'espace de danse, les korrigans posent des cailloux au sol en formant un cercle. Hum ! Là, tu es en train de te dire : « Mais oui, j'ai déjà vu ça ! » Une légende raconte que si tu as suffisamment de courage pour danser avec eux, les korrigans te proposeront un défi. En cas de réussite, tu pourras faire un vœu magique. En revanche, en cas d'échec, la punition pourrait te coûter la vie ! Bref, reste bien sur tes gardes et fais le bon choix !

UNE CRÉATURE FANTASTIQUE

- LIEU DE VIE : dans la forêt ou en compagnie d'humains.
- TAILLE : 50 cm.
- PARTICULARITÉ : il court très vite.
- COUSINS : le farfadet, le korrigan.
- AUTRES NOMS : fradet, feu follet.
- ÉTYMOLOGIE : le nom farfadet signifie « lutin » en provençal.
- ORIGINE : folklore de certaines régions françaises (Berry, Normandie, Picardie, Vendée, Poitou et Provence).

PROTECTEUR DU FOYER

Lorsqu'un lutin découvre qu'une famille d'humains rencontre des difficultés, sa générosité le pousse à les aider. Il vient alors effectuer les tâches quotidiennes : entretenir la maison, s'occuper des enfants, nourrir les chevaux, faire le ménage… En contrepartie, le farfadet ne demande qu'une chose, un bol de lait et un gâteau au miel pour reprendre des forces.

LA FÉE

C'est au XIIe siècle que la fée apparaît dans les récits du Moyen Âge, se mêlant ainsi, avec les autres créatures fantastiques, à la mythologie et aux légendes.

FÉMINISTE ET ÉCOLO AVANT L'HEURE !

Dotée de pouvoirs surnaturels, la fée est un être libre qui n'obéit qu'à elle-même. Très attachée à vivre dans un environnement naturel, la plupart du temps dans la forêt, la fée peut revêtir plusieurs apparences dont la plus connue est celle d'une humaine aux cheveux longs parée d'ailes sur le dos.

UNE PHRASE À NE JAMAIS PRONONCER !

Voici une phrase qu'il ne faut jamais prononcer : « Je ne crois pas aux fées. », sinon, une fée meurt quelque part. En revanche, si tu dis : « J'aime la magie des fées » avec un grand sourire et en le pensant sincèrement, cela te portera chance.

UN ANGE GARDIEN

Dans la plupart des contes de fées, la marraine bienveillante du héros ou de l'héroïne est une fée. Tu as sûrement lu *Cendrillon*, *La Belle au bois dormant*, *Pinocchio* ou encore *Peau d'âne* et, à chaque fois, la fée est là pour veiller à défendre son ou sa protégé.

LA FÉE DE BRUXELLES

Une véritable fée habite dans la ville de Bruxelles, en Belgique. On raconte que cette gentille créature vit dans l'une des tours de l'hôtel de ville de la Grand-Place. Cette fée porte le nom d'Olivia et elle mesure la taille d'un pouce. Pour invoquer la fée Olivia et lui demander d'exaucer un vœu, il te suffit d'aller au centre de la Grand-Place de Bruxelles et de dire à une personne que tu l'aimes. Si ton cœur est sincère, ton souhait se réalisera dans les douze prochains mois !

DES POUVOIRS MAGIQUES

Si la fée a le pouvoir de voler, grâce à sa baguette magique, elle peut transformer un objet en animal, un humain en objet, un animal en fruit ou en légume... Cela peut parfois rendre la situation cocasse : rappelle-toi les rats transformés en cochers qui conduisent Cendrillon au bal dans une citrouille changée en carrosse ! Et toi, en quoi aimerais-tu être transformé ?

UNE CRÉATURE FANTASTIQUE

- LIEUX DE VIE : des lieux naturels enchantés (souvent des forêts).
- POUVOIR : magie.
- FÉES CÉLÈBRES : la fée Clochette, Mélusine, Viviane, la fée Carabosse.
- ÉTYMOLOGIE : le nom « fée » vient du latin *fata*, qui signifie « la destinée ».
- ORIGINE : les contes et légendes.

TOUTES GENTILLES OU... PRESQUE !

La fée peut distribuer la richesse, guérir, influencer le futur, jeter un bon ou un mauvais sort. Dans le conte de Charles Perrault *La Belle au bois dormant*, la méchante fée, l'incarnation de la fée Carabosse, jette un charme mortel à la princesse. Heureusement qu'une gentille fée pourra contrer la malédiction. Tu remarqueras que souvent les gentilles fées sont jeunes et belles alors que les méchantes fées sont vieilles et habillées de noir !

FENRIR

Ce gigantesque loup possède des crocs et des griffes terrifiants.

LA CRAINTE DES DIEUX

Fenrir est un loup gigantesque et sa force est tellement puissante que, par crainte qu'il ne se retourne un jour contre eux, les dieux décident de l'enchaîner, sans succès.

LE RUBAN MAGIQUE

Démunis, les dieux demandent de l'aide aux elfes noirs, qui leur présentent un ruban doux et soyeux : créé à partir du miaulement d'un chat, de la barbe de femme, de racines de montagne, de tendons d'ours, de souffle de poisson et de salive d'oiseau, impossible à déchirer.

UN DESTIN TRAGIQUE

Le dieu Tyr a son bras broyé mais les dieux réussissent à attacher Fenrir avec le ruban et en profitent pour lui enfoncer une épée dans la gueule.

UN MONSTRE LÉGENDAIRE

- LIEU DE VIE : dans les marais.
- POUVOIR : une force prodigieuse.
- PARENTS : dieu Loki (père), géante Angrboda (mère).
- COUSIN : le loup-garou.
- AUTRES NOMS : Fenrisúlfr, Fenris.
- ÉTYMOLOGIE : le nom Fenrir signifie « habitant des marais ».
- ORIGINE : mythologie nordique.

UN DÉFI TRUQUÉ

Avant d'essayer de rompre le ruban, Fenrir pose une condition : un des dieux doit mettre son bras dans sa gueule en guise de bonne foi.

UNE REVANCHE TERRIBLE

Quelques années plus tard, lors de la bataille du Ragnarök, Fenrir arrive enfin à se libérer du lien magique et dévore plusieurs dieux, dont le célèbre Odin. Vidar, venge son père Odin en arrachant la mâchoire du loup et en lui transperçant le cœur.

LE LOUP-GAROU

Le loup-garou est un humain qui se transforme en loup uniquement les soirs de pleine lune.

UNE CRÉATURE FANTASTIQUE

- POUVOIR : force surnaturelle.
- COUSINS : le Minotaure, le Barghest, le Wendigo.
- AUTRE NOM : lycanthrope.
- ORIGINE : multiculturelle.

LA MÉTAMORPHOSE

Seuls les humains ou les sorciers peuvent se transformer en loup-garou. Pour les humains, la métamorphose survient uniquement après avoir été malencontreusement mordu par un loup-garou. En revanche, les sorciers, eux, boivent un philtre magique ou portent une peau de loup ensorcelée pour activer volontairement la transformation.

UN CONSEIL AVISÉ !

Reste chez toi les soirs de pleine lune !

INTELLIGENCE HUMAINE ET INSTINCT SAUVAGE

L'humain ou le sorcier qui prend l'apparence d'un loup-garou voit son corps doubler ou tripler de volume et se recouvrir de poils. À la place des ongles poussent des griffes géantes et les canines deviennent des crocs tranchants. Doté de la conscience humaine et de la férocité de la bête sauvage, le loup-garou sème la terreur partout où il passe. Vorace et violent, il attaque et tue tous les malheureux qu'il croise.

UNE MÉMOIRE DE POISSON ROUGE !

Le lendemain matin, cette créature se réveille sous sa forme humaine sans avoir le moindre souvenir de s'être transformée en loup-garou.

LES TITANS

Les Titans, enfants d'Ouranos et de Gaia, sont les divinités qui précèdent les dieux de l'Olympe.

LES NOMS DES TITANS

Océanos, Koios, Crios, Hypérion, Japet, Théia, Rhéa, Thémis, Mnémosyne, Phébé, Téthys, Cronos.

LA CRÉATION DU MONDE

Au commencement, il n'existe que le vide, appelé « Chaos » par les Grecs. C'est un monde sans lumière, sans nature ni personne. Peu à peu apparaît Gaia, la Terre, qui donne bientôt naissance à Ouranos, le Ciel, et à Pontos, la Mer.

LE RÈGNE DE CRONOS

Cronos devient le seul maître du monde et épouse sa sœur, Rhéa, avec laquelle il a cinq enfants. Mais pour éviter que l'un d'eux ne prenne sa place, Cronos les dévore. Rhéa cache le petit dernier, Zeus, auprès des nymphes. Devenu grand, Zeus, aidé par les Hécatonchires et les Cyclopes gagne la guerre de la titanomachie contre son père et prend sa place.

LES ENFANTS DE GAIA ET D'OURANOS

Lorsque Gaia épouse Ouranos, ils ont douze enfants, les Titans. Mais Ouranos les empêche de sortir du ventre de leur mère. Seul Cronos, le plus jeune, a le courage de délivrer ses frères et sœurs en séparant le Ciel de la Terre à l'aide d'une faucille.

DES CRÉATURES MYTHOLOGIQUES

- REPRÉSENTATION : géants aux différentes apparences.
- LIEU DE VIE : au sommet du mont Othrys, en Grèce.
- AUTRE NOM : Gigantes.
- ÉTYMOLOGIE : le nom Titan signifie « celui qui habite dans les cieux ».
- Origine : mythologie grecque.

LE GÉANT ARGOS

Argos est un géant bienveillant, qui n'hésite pas à venir en aide aux dieux et aux hommes.

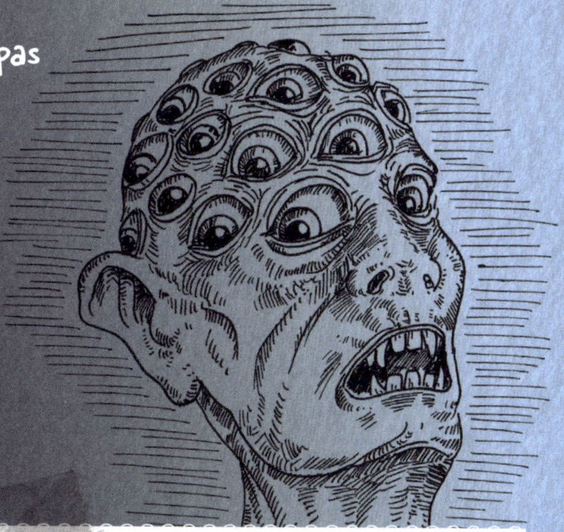

LA TRANSFORMATION DE IO

Zeus est amoureux de la belle Io. Craignant la jalousie de son épouse Héra, Zeus transforme Io en génisse pour la protéger. Mais Héra trouve l'animal si beau qu'elle prie son mari de lui en faire cadeau, geste qu'il ne peut qu'accepter s'il veut éviter d'éveiller les soupçons de son épouse. Héra, méfiante, confie la génisse au prince d'Argos, connu pour être un veilleur infatigable avec ses cent yeux.

ATTENTIF OU RÊVEUR ?

Connais-tu l'expression « avoir les yeux d'Argos » ? Cela signifie être extrêmement attentif à tous les détails. Alors, tu as les yeux d'Argos ou plutôt la tête dans la lune ?

UNE CRÉATURE MYTHOLOGIQUE

- PARTICULARITÉ : il a en permanence 50 yeux qui dorment et 50 autres qui veillent.
- AUTRES NOMS : Panoptès, Argus.
- ÉTYMOLOGIE : le nom Argos signifie « celui qui voit tout ».
- ORIGINE : mythologie grecque.

LA VIGILANCE D'ARGOS EST TROMPÉE

Zeus appelle à l'aide Hermès pour soustraire Io à la surveillance implacable d'Argos. Hermès se met à jouer de sa flûte pour endormir Argos, dont les yeux se ferment un à un. Hermès tue le géant endormi et délivre ainsi Io. Pour rendre hommage à Argos, Héra placera ses yeux sur son animal préféré, le paon.

LE GNOME

D'apparence humaine, cette petite créature vit dans des souterrains et protège un fabuleux trésor.

UNE VIE SOUTERRAINE

Le gnome est une créature fantastique de très petite taille, qui vit sous la terre, à la différence du lutin avec lequel il est souvent confondu. Avec ses congénères, il creuse de gigantesques galeries et construit de magnifiques habitations.

UN ÊTRE GÉNÉREUX

Dans les coins les plus reculés de leurs galeries, les gnomes cachent un fabuleux trésor constitué des plus belles pierres précieuses au monde ! Touchés par les personnes en difficultés, ils leur offrent volontiers des pierres précieuses, mais uniquement si ces personnes ont bon cœur.

BLAGUEUR ET CHATOUILLEUX

Les gnomes adorent plaisanter. Si tu as la chance de croiser un gnome, chatouille son ventre. Si le gnome rit, tu recevras une pièce d'or en récompense. En revanche, on raconte qu'à l'inverse, faire pleurer un gnome porte malheur.

ÉCOLO AVANT L'HEURE !

Le gnome, très proche de la nature, a une grande connaissance de la terre et de ses richesses. En creusant des galeries, il découvre régulièrement des cristaux ou des métaux rares comme l'or, ce qui en fait un véritable expert des pierres précieuses !

LE GOBELIN

Le gobelin peut changer d'apparence au gré des contes et des légendes dont il est le héros.

LE SAIS-TU ?

Le gobelin est une créature taciturne qui ne sourit jamais, tout simplement parce qu'il ne possède pas les muscles (les zygomatiques) permettant d'actionner le sourire sur son visage.

STAR DE CINÉMA !

Physiquement, le gobelin est une créature très laide. Il a le visage ridé, de longues oreilles pointues et des dents de lapin. Mais cette laideur ne l'empêche pas d'être une star de cinéma ! Dans *Harry Potter*, les gobelins travaillent à Gringotts, la banque des sorciers. Ces gobelins sont très intelligents et sont de puissants magiciens.

PAS TRÈS SOCIAL !

Le gobelin vit dans des grottes sombres et reculées. Son habitat est composé d'une multitude de chambres souterraines reliées par des tunnels. Ce sont de véritables chefs-d'œuvre d'architecture. Comme le gnome, le gobelin est capable de creuser des constructions incroyables dans la roche et sous la terre. Cachés dans leur grotte, les gobelins détestent qu'on vienne les déranger.

CONSEIL AUX PETITS CHAHUTEURS

Évite de déranger les gobelins car si certains gobelins sont bienveillants, d'autres sont de véritables petits démons et n'hésiteront pas à utiliser la magie pour te chasser, ou pire... pour te transformer en champignon !

UNE CRÉATURE DU PETIT PEUPLE

- LIEU DE VIE : dans des grottes.
- TAILLE : entre 40 et 60 cm.
- COUSINS : kobold, croquemitaine, hobgoblin, gnome, lutin.
- ÉTHYMOLOGIE : *gobalus*, (« génie domestique »).

LES GORGONES

Monstres féminins, les Gorgones sont des créatures malfaisantes qui possèdent des centaines de serpents en guise de chevelure.

UNE LAIDEUR QUI FAIT PEUR

Les trois gorgones de la mythologie grecque sont trois sœurs extrêmement dangereuses. Sous une apparence humaine, en plus de leur effrayante chevelure, elles possèdent une paire d'ailes en or, une large bouche d'où sortent des crocs tranchants, et selon les représentations, elles sont affublées de cornes de sanglier les rendant vraiment très laides. Mais les gorgones n'ont pas toujours été des créatures monstrueuses...

PAS ENCORE UN MONSTRE

Fille de Phorcys et Céto et petite-fille de la Terre (Gaia) et de l'Océan (Pontos), Méduse est une jeune fille dont l'extrême beauté séduit Poséidon. Fuyant les avances du dieu de la mer, qui a pris l'apparence d'un oiseau pour la poursuivre, Méduse se réfugie dans le temple d'Athéna. Poséidon, qui ne supporte pas qu'on lui résiste, entre dans le temple et abuse d'elle.

QUEL CHÂTIMENT INJUSTE !

Alors que la pauvre Méduse est victime de l'abominable Poséidon, sa femme Athéna, folle de jalousie, punit Méduse en la transformant en monstre tout comme ses deux sœurs, Sthéno et Euryale.

UN REGARD QUI TUE !

Comme ses sœurs, d'un simple regard, Méduse a le pouvoir de transformer ses victimes en pierre pour l'éternité. Surtout, ne t'avise pas de regarder une Gorgone dans les yeux, tu ne pourrais pas échapper à ce destin tragique et aucune créature fantastique de ce livre ne pourrait venir te délivrer !

LE SAIS-TU ?

Méduse est mortelle contrairement à ses deux sœurs qui ne peuvent pas vieillir.

LA MISSION DE PERSÉE

Méduse, après sa transformation, part s'isoler dans un des coins les plus reculés du monde. Elle terrorise les mers et les océans, et malheureusement, les marins qui croisent son regard périssent instantanément. Afin de vaincre ce fléau, le héros Persée reçoit comme mission : tuer ce monstre marin.

LA MORT DE MÉDUSE

En chemin, la déesse Athéna lui remet, pour l'aider dans sa quête, un bouclier aussi poli qu'un miroir. Lorsqu'il rencontre Méduse, Persée place le bouclier-miroir face à la créature, qui, en se regardant, se pétrifie elle-même ! Persée n'a plus ensuite qu'à lui trancher la tête et l'offrir à Athéna, qui la place sur son bouclier.

PRENDS GARDE !

La tête de Méduse, même coupée, garde son pouvoir magique et tue toutes les personnes qui croisent son regard.

UNE CRÉATURE MYTHOLOGIQUE

- FAMILLE : Céto (mère), Phorcys (père), Gaia (grand-mère).
- PARTICULARITÉ : possède des ailes en or.
- POUVOIR : un regard qui tue immédiatement.
- AUTRE NOM : Gordo.
- ORIGINE : mythologie grecque.

LE GRIFFON

Seigneur du ciel et de la terre, le griffon est l'une des plus anciennes créatures des contes mythologiques.

DE PLUMES ET DE POILS

Le griffon est une créature hybride : il possède le corps d'un lion et la tête et les ailes d'un aigle. Son corps est à la fois couvert de plumes et de poils. Ses quatre pattes de lion sont si puissantes qu'elles lui permettent de courir à plus de 60 km/h.

DES ARMES REDOUTABLES

Avec ses gigantesques griffes coupantes, son bec pointu et dur comme de l'acier, qui fonctionne telle une épée, le griffon peut tuer n'importe quel animal. Mais ce sont ses ailes sublimes qui lui donnent sa formidable puissance. En les déployant, il peut atteindre plus de 350 km/h !

L'IMAGE DU GRIFFON

Dans la saga *Harry Potter*, Gryffondor (griffon d'or) est l'une des quatre maisons de magiciens de l'école Poudlard et la porte du bureau de Dumbledore représente un griffon.

Comme tu peux le constater, cet oiseau fantastique fascine les hommes depuis très longtemps, à l'image des chevaliers du Moyen Âge, qui l'avaient pris pour emblème sur leurs blasons.

LE SAIS-TU ?

La maman griffon peut se montrer très agressive si l'on s'approche trop près du nid où se trouvent ses bébés ou les œufs qu'elle couve, car ils seraient sertis de diamants...

LE TRÉSOR DES GRIFFONS

Depuis plusieurs siècles, les griffons cachent sur l'île de Madagascar le plus grand trésor au monde : des milliers d'objets en or ou en diamants, formant un tas de plus de 30 m de hauteur.

LA LÉGENDE DE NOËL

Une légende raconte qu'une nuit de Noël, les griffons décideront d'offrir ce trésor à un enfant au cœur pur. Un griffon tenant dans son bec une clé en or viendra se poser devant la fenêtre de la chambre de l'enfant élu.

Sois donc vigilant au prochain réveillon car, qui sait, ce fabuleux trésor sera peut-être pour toi !

UN ANIMAL MYTHOLOGIQUE

- PARTICULARITÉ : il possède des oreilles de cheval.
- COUSINS : hippogriffe, le Ruc, le Garuda, opinicus.
- ÉTYMOLOGIE : gryphus, qui signifie « oiseau fabuleux » en latin.
- ORIGINE : mythologie grecque.

LA FAMILLE DES GRIFFONS

Les griffons ont de nombreux cousins et cousines. Le plus célèbre d'entre eux est l'hippogriffe, qui est le résultat d'une magnifique histoire d'amour entre un griffon et une jument. L'opinicus ressemble beaucoup au griffon, à la seule différence que ses pattes avant sont celles d'un lion.

L'HIPPOGRIFFE

Qui n'a jamais rêvé de voler en chevauchant un hippogriffe comme Harry Potter ? Partons à la découverte de cette créature ailée qui glisse au-dessus des nuages.

UNE CRÉATURE MI-CHEVAL, MI-AIGLE

L'hippogriffe est une superbe créature légendaire, qui possède le corps et les pattes arrière d'un cheval mais la tête, les pattes avant et les ailes d'un aigle. Elle est issue de l'accouplement entre une jument et un griffon.

UNE MONTURE FIDÈLE

Ce n'est pas un hasard si ce roi du ciel est chevauché par les plus grands sorciers et autres magiciens. Seul son maître sait comment le monter et gare à celui qui voudrait se l'approprier sans sa permission ! Mais attention, l'hippogriffe est fougueux et déteste qu'on l'approche de trop près.

LE MAÎTRE DES AIRS

Dans les airs, l'hippogriffe est capable d'effectuer des vols majestueux grâce au déploiement de ses immenses ailes de 3 m d'envergure. Il fend les airs à une vitesse incroyable (jusqu'a 300 km/h) et, en raison de son endurance, il est capable d'accomplir un tour du monde sans faire d'étapes.

UN ANIMAL LÉGENDAIRE

- ENVERGURE DES AILES : 3 m.
- VITESSE : 300 km/h.
- MOTS DE LA MÊME FAMILLE : « hippodrome », « hippopotame », « hippocampe ».
- ÉTYMOLOGIE : le nom « hippogriffe » vient du *grec hippos* qui signifie « cheval ».

SAGAS ET JEUX VIDÉO

Créature déjà présente dans la littérature au XXe siècle, le grand public découvre l'hippogriffe dans la saga *Harry Potter* et, plus récemment, dans des jeux de rôle comme *Donjons et Dragons*, ou des jeux vidéo, comme la saga *Warcraft*, tous ayant eu la bonne idée de l'intégrer à leurs bestiaires pour le plus grand plaisir des joueurs !

UN HIPPOGRIFFE SOUS LOUIS XVIII

L'œuvre du peintre Jean Auguste Dominique Ingres, *Roger délivrant Angélique*, est la plus célèbre représentation artistique d'un hippogriffe. Datant de 1819, cette œuvre, commandée en 1817 pour être placée en dessus-de-porte dans la salle du Trône du château de Versailles, a été acquise par Louis XVIII. C'est la première toile du peintre à entrer dans une collection publique.

L'HYDRE DE LERNE

Ce gigantesque serpent à sept têtes fait régner la terreur.

UN MONSTRE À PLUSIEURS TÊTES

L'hydre de Lerne est un monstre très impressionnant et très dangereux. Chaque tête dégage un souffle empoisonné qui tue immédiatement tout être vivant. Une seule de ces têtes, dotée d'intelligence, commande les autres et est mortelle. Les six autres têtes sont immortelles car elles repoussent lorsqu'on les coupe.

LES ORIGINES DE L'HYDRE

L'Hydre de Lerne est mise au monde par Echidna, une créature mi-femme, mi-serpent. Son père, Typhon, est le dieu malfaisant des tempêtes et du vent. Héra, la déesse de la fécondité et l'épouse de Zeus, l'élève et l'utilise comme arme secrète contre son ennemi juré, Hercule, le fils que Zeus a eu avec l'une de ses maîtresses.

LES DOUZE TRAVAUX D'HERCULE

Hercule reçoit l'ordre du roi Eurysthée de tuer l'Hydre de Lerne. Pour réaliser sa mission, Hercule porte une cape magique en peau de lion de Némée, qui le protège des morsures et du sang empoisonné de l'Hydre de Lerne. Armé de son épée, Hercule s'approche de la créature et tranche l'une des têtes, mais immédiatement une nouvelle repousse. Hercule est sur le point de perdre le combat quand soudain lui vient une idée.

UN MONSTRE MYTHOLOGIQUE

- LIEUX DE VIE : les marais et la source Amymone.
- POUVOIR : son haleine et son sang sont des poisons mortels.
- FRÈRES ET SŒURS : Orthos, Cerbère, lion de Némée, Chimère.
- AUTRE NOM : le serpent d'eau.
- ÉTYMOLOGIE : le nom Hydre vient du *greg hudôr*, qui signifie « eau ».
- Origine : mythologie grecque.

VAINCUE PAR HERCULE

Hercule demande à son fidèle compagnon, Iolaos, de brûler la base de chaque tête coupée afin de retarder la repousse. De cette manière, Hercule gagne du temps et finit par découvrir la tête pensante, la seule à ne pas pouvoir repousser. Avec son épée, Hercule la tranche et le serpent tombe raide mort.

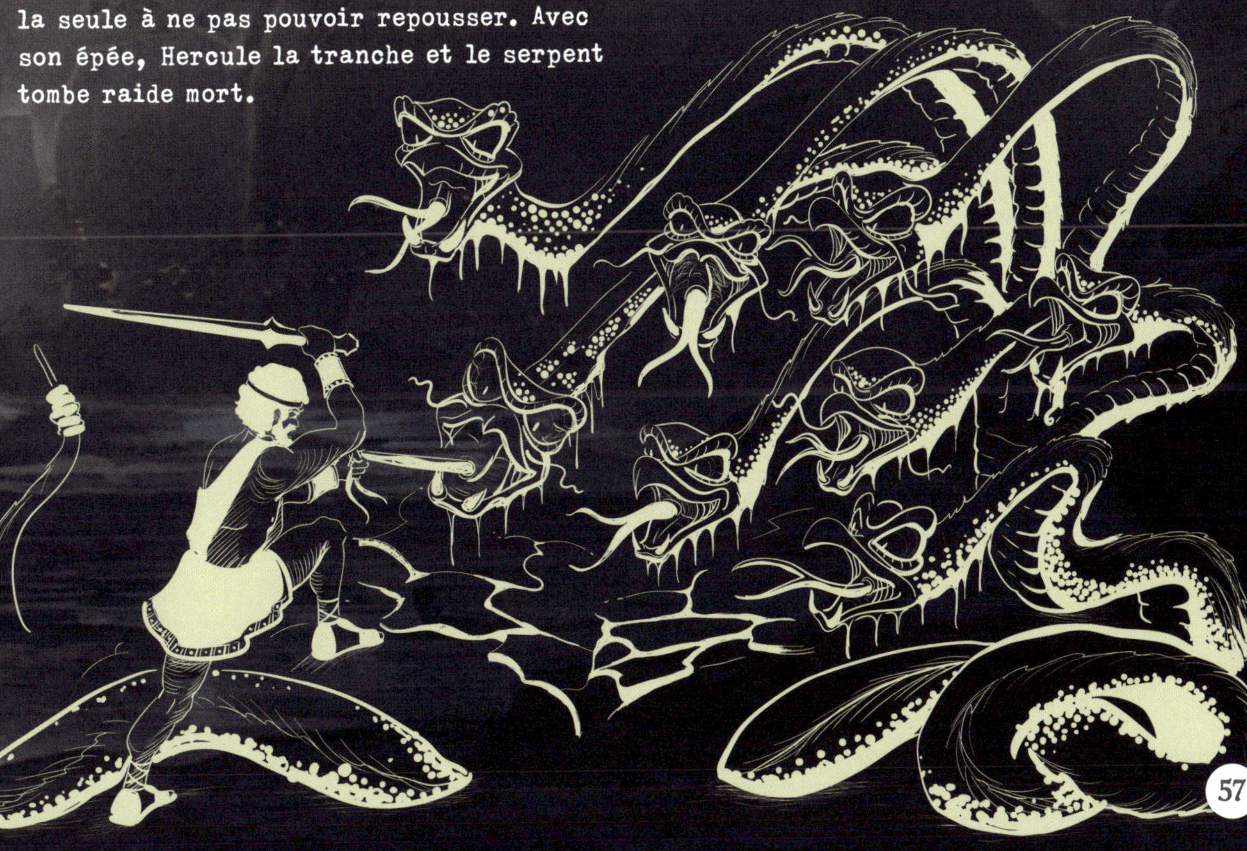

LES INUGAMI

Dans la mythologie japonaise, les inugami sont des esprits à l'apparence de chiens.

DES CHIENS MAUDITS

Les inugami sont les esprits de chiens qui ont été maltraités par leurs maîtres. Pour se venger de ceux qui les ont malmenés, ces esprits, extrêmement puissants, sont capables de hanter et tuer leurs victimes.

DES CHIENS INFIDÈLES

Tout comme avant dans sa vie de chien, l'inugami a un maître : l'inugami-mochi. Mais ce dernier doit être prudent car l'inugami peut se retourner contre lui en utilisant ses pouvoirs diaboliques.

LE PREMIER INUGAMI

La légende raconte qu'une vieille dame japonaise, qui voulait se venger d'un amour impossible, sacrifie son fidèle chien. Une fois mort, l'esprit du chien devient un inugami et la vieille dame lui ordonne de tuer l'homme qu'elle a toujours aimé. L'inugami réalise son vœu puis prend possession de la vieille dame et hante son esprit jusqu'à son dernier jour.

DES CRÉATURES LÉGENDAIRES

- COUSINS : shikigami, kitsune (un renard vengeur).
- AUTRE NOM : le dieu chien.
- ORIGINE : mythologie japonaise.

LE BARGHEST

Cet énorme chien noir annonce la mort.

UN CHIEN TUEUR

Ce gigantesque chien noir possède d'énormes dents tranchantes et des griffes très acérées. Ses yeux crachent des flammes et grâce à sa férocité, le Barghest est capable de tuer un humain en quelques secondes uniquement s'il se sent menacé ou s'il a faim.

UNE MAUVAISE NOUVELLE

Le Barghest a le pouvoir de sentir la mort arriver. Une légende raconte que pour l'annoncer à la personne qui va décéder, il vient se coucher devant sa maison.

LE CHUPACABRA

Cette créature se nourrit du sang des animaux.

LE VAMPIRE DU MEXIQUE

Au Mexique, de nombreux témoignages affirment que l'on a vu un monstre sans poils, avec des yeux rouges et une gueule munie de longs crocs, attaquer des chèvres, des vaches ou encore des poulets. Comme un vampire, le Chupacabra leur suce le sang et laisse de gros trous dans le cou de ses victimes.

LE KRAKEN

Le kraken est un terrifiant et gigantesque monstre marin, capable de détruire un navire et de dévorer son équipage.

DANS LES PROFONDEURS DE L'OCÉAN

Le terrible kraken vit dans la pénombre des profondeurs sous-marines. À l'abri de la lumière, ce monstre tentaculaire hiberne plusieurs mois dans des zones hostiles, où très peu de créatures peuvent survivre. Mais de temps en temps, le kraken doit remonter à la surface pour se nourrir. Ses gigantesques tentacules munis de centaines de crochets lui permettent de saisir n'importe quelle proie. Sa mâchoire est dotée de plusieurs rangées de dents mortellement pointues. Une fois pris dans ses tentacules, inutile de résister à la cruauté de cette pieuvre géante !

LA HANTISE DES MARINS

Si un bateau a la malchance de croiser la route du kraken, son équipage n'a quasiment aucune chance de survie. Le monstre déploie alors ses tentacules autour du navire et le détruit en quelques secondes. Le kraken, qui affectionne particulièrement la chair humaine, prend ensuite la peine de dévorer tous les marins. Et pas de chance pour les éventuels survivants : lorsque le kraken quitte les lieux de son carnage, son déplacement entraîne un tourbillon derrière lui qui attire les malheureux rescapés au fond de l'océan, où ils finissent noyés.

DE L'ATTAQUE À LA DÉFENSE

Cette créature possède dans sa bouche des dents très coupantes pour manger ses proies, mais aussi pour se défendre des autres monstres marins !

UN MONSTRE MYTHOLOGIQUE

- TAILLE : gigantesque !
- COULEUR : rouge.
- CARACTÉRISTIQUE : ses yeux peuvent mesurer 30 m de diamètre !
- COUSIN : le calamar géant.
- ORIGINE : mythologie scandinave du Moyen Âge.

LES TENTACULES

Les tentacules sont des organes musculeux allongés, enflés et riches en terminaisons sensorielles variées, comme le toucher. Les tentacules du kraken, munis de crochets et de ventouses, servent à la capture des proies, mais aussi au déplacement ou à la respiration.

UNE ASTUCE POUR LE REPÉRER

Quand le kraken remonte à la surface pour se nourrir, il est souvent accompagné d'une multitude de poissons. Ce monstre laisse autour de lui des excréments qui attirent les poissons et autres créatures aquatiques. Les pêcheurs doivent donc faire attention lorsqu'ils découvrent une zone extrêmement riche en poissons, car cela peut être un signe annonçant la présence du terrible kraken !

LA LICORNE

La beauté de la licorne fascine les hommes depuis la nuit des temps en raison de sa corne et de son pelage blanc immaculé.

UNE BEAUTÉ LÉGENDAIRE

À la fois élégante et puissante, la licorne est, la plupart du temps, représentée par un cheval blanc avec une corne torsadée au milieu du front.

UNE CORNE AU POUVOIR MAGIQUE

Également appelée « unicorne », cette créature légendaire vit le plus souvent dans les forêts enchantées. La licorne est timide et discrète. Elle ne se montre que très rarement, mais elle est toujours bénéfique. Grâce à sa corne pourvue de pouvoirs surnaturels, la licorne peut guérir et purifier tout être vivant.

UN ANIMAL FABULEUX

- PARTICULARITÉ : sa corne est magique.
- POUVOIR : un sang miraculeux.
- AUTRE NOM : unicorne (une seule corne).
- ORIGINE : du grec ancien *monokeros* puis du latin *unicornis* (qui n'a qu'une corne).

LE MYTHE

De la fin du Moyen Âge à la Renaissance, les charlatans utilisaient la corne de licorne pour soigner. Pour pouvoir attraper une licorne, les chasseurs prenaient des jeunes filles au cœur pur pour appât, car c'étaient les seuls êtres humains à avoir le droit d'approcher une licorne.

LA LICORNE EXISTE-T-ELLE VRAIMENT ?

De nombreux explorateurs prétendent avoir découvert de véritables licornes durant leurs voyages autour du monde. Avec nos connaissances scientifiques actuelles, on peut estimer qu'il s'agirait plutôt de narvals (des mammifères marins possédant également une corne unique) ou encore d'oryx égyptiens.

UN SANG MIRACULEUX

Une légende raconte que boire du sang de licorne permettrait de ramener à la vie n'importe quel être sur le point de mourir.

UNE CORNE MAGIQUE

La toute première licorne arrivée sur Terre aurait été la reine de tous les animaux. Sa corne serait le symbole de son pouvoir et de son autorité tout comme la couronne royale pour un monarque. En se baissant pour tremper sa corne dans les sources d'eau de la planète, la licorne les aurait purifiées, permettant ainsi aux animaux de s'abreuver et de survivre.

LE MINOTAURE

Le Minotaure est un monstre mi-homme, mi-taureau.

LA VENGEANCE DE POSÉIDON

Quand Minos, le roi de Cnossos, refuse de sacrifier un magnifique taureau blanc en l'honneur du dieu Poséidon, celui-ci décide de se venger. Il transforme le taureau en un animal monstrueux, à la tête de taureau et au corps d'homme, et s'arrange pour que Pasiphaé, la femme de Minos, en tombe amoureuse.

LA PRISON DU MINOTAURE

Minos décide alors de cacher ce monstre qui lui fait honte tant il lui rappelle l'infidélité de sa femme. Il demande donc à l'architecte Dédale de construire un immense labyrinthe, au centre duquel il enferme le Minotaure.

UNE PAIX CRUELLE

Minos entre souvent en guerre contre les Athéniens. Lors d'une bataille qu'il remporte, son propre fils est tué. En échange de la paix et pour apaiser la douleur occasionnée par ce deuil, Minos exige que, chaque année, Athènes envoie sept jeunes garçons et sept jeunes filles pour servir de nourriture au Minotaure. La situation devient vite insupportable pour les Athéniens. Heureusement, Thésée vaincra le Minotaure.

UNE CRÉATURE MYTHOLOGIQUE

- ATTRIBUTS : la couronne, le serpent.
- REPRÉSENTATIONS : sur son trône, une couronne posée sur la tête, un serpent enroulant son corps.
- ORIGINE : mythologie grecque.

PÉGASE

Solitaire, ce magnifique cheval ailé aime se cacher au sommet du mont Hélicon (la montagne tortueuse), où il dort dans une grotte à l'abri des chasseurs.

UNE TECHNIQUE DE VOL EXCEPTIONNELLE

Ce cheval intrépide et insaisissable traverse l'air aussi rapidement qu'une rafale de vent. Ses ailes divines et argentées lui permettent de réaliser des miracles dans les airs, pirouettes, loopings à 360°... Pégase est l'une des créatures les plus élégantes de la mythologie grecque.

NÉ DU SANG DE MÉDUSE

Ce cheval légendaire serait né lors du célèbre combat entre Persée et Méduse. Lorsque Persée tranche la tête de Méduse d'un coup d'épée, une grosse quantité de sang jaillit du cou du monstre marin. Soudain, deux créatures apparaissent : Pégase et Chrysaor.

UN ANIMAL MYTHOLOGIQUE

- PARTICULARITÉ : ses ailes sont en métal.
- PARENTS : Poséidon (son père) et la Gorgone Méduse (sa mère).
- AUTRE NOM : cheval de Bellérophon.
- ÉTYMOLOGIE : le nom Pégase vient de *pigí*, qui signifie « la fontaine ».

DOMPTÉ PAR BELLÉROPHON

Pégase est une créature fougueuse et libre. Malgré son caractère sauvage et impétueux, le héros grec Bellérophon va réussir à le dompter avec l'aide de la déesse Athéna, qui lui fournit une bride en or. Bellérophon veut que Pégase l'aide à tuer le monstre terrifiant, la Chimère. Par la suite, Pégase et son cavalier Bellérophon deviendront inséparables et vivront de superbes aventures.

LE PÉCHÉ D'ORGUEIL

Sur le dos de Pégase, Bellérophon se sent invincible. Fier de ses succès, Bellérophon se donne un nouvel objectif : atteindre le sommet du mont Olympe, où réside Zeus. Zeus le met pourtant en garde : « Aucun humain ne peut atteindre ce mont réservé aux dieux ! » Mais, gonflé d'orgueil, Bellérophon refuse de l'écouter. Durant sa tentative d'ascension, Bellérophon chute de Pégase et se crève les yeux en tombant dans un champ d'épines. Pour avoir osé se mesurer à Zeus, le pauvre héros sera aveugle jusqu'à la fin de sa vie.

UNE MISSION HÉROÏQUE

En plus de maîtriser magnifiquement ses vols, Pégase atteint des vitesses exceptionnelles : il est aussi rapide qu'un avion de chasse ! C'est la raison pour laquelle Pégase, qui est arrivé seul au sommet du mont Olympe, se voit confier par Zeus la mission d'être le porteur des éclairs et de la foudre.

LA CONSTELLATION DE PÉGASE

Après avoir rejoint Zeus, Pégase lui apporte les éclairs et la foudre depuis la forge d'Héphaïstos jusqu'au mont Olympe, traversant ainsi le ciel chaque fois que son maître a besoin de ses redoutables armes. Zeus, reconnaissant envers sa monture favorite, transforme Pégase en constellation et lui offre donc l'immortalité.

LE PHÉNIX

Cet oiseau immortel a le pouvoir de renaître de ses propres cendres.

LE PLUS MAJESTUEUX DES OISEAUX

Des récits très anciens racontent que lorsque Adam et Ève ont mangé le fruit défendu de l'arbre de la Connaissance, tous les autres animaux de la Terre ont également goûté à ce fruit... Tous sauf un : le phénix. Pour récompenser son obéissance, ce sublime oiseau a reçu le plus précieux des cadeaux : la vie éternelle.

LE PHÉNIX RENAÎT DE SES CENDRES

Il est extrêmement rare de pouvoir observer le phénix, car il n'existe qu'un seul spécimen au monde ! Le phénix ressemble à un aigle royal, mais son plumage possède des reflets dorés et rouges qui offrent un magnifique spectacle lorsqu'il vole et déploie ses ailes. Ces mouvements donnent l'impression de laisser une traînée de poudre dorée dans le ciel.

UN OISEAU LÉGENDAIRE

- TAILLE : 3 m (envergure des ailes).
- POIDS : 8 kg.
- COUSINS : le Simurgh, le Fenghuang, l'oiseau Minka.
- AUTRE NOM : « l'oiseau de feu ».
- ÉTYMOLOGIE : le nom « phénix » signifie « rouge sang » en grec ancien.
- ORIGINE : multiculturelle.

LE SAIS-TU ?

Les larmes du phénix ont de grands pouvoirs magiques. Selon la légende, boire une seule de ses larmes permet de pouvoir vivre jusqu'à 200 ans tout en gardant l'énergie et le physique d'une personne de 20 ans.

UNE CRÉATURE IMMORTELLE

Le phénix vit environ 1 000 ans et, lorsqu'il sent la fin de sa vie approcher, il se prépare un nid douillet et parfumé d'encens. Lorsqu'il expire son dernier souffle, son nid prend feu et, comme par magie, un bébé oiseau renaît de ces cendres. Le phénix retrouve alors la vie pour un nouveau millénaire.

L'ESPOIR FAIT VIVRE

De nombreuses villes dévastées par des incendies ont choisi le phénix comme emblème afin de montrer qu'il est possible de renaître de ses cendres et que rien n'est jamais perdu.

DES PLUMES MAGIQUES

Savais-tu que les plumes du phénix sont utilisées pour confectionner les baguettes des sorciers et des magiciens ? C'est notamment le cas de la baguette magique d'Harry Potter et de celle de Voldemort, qui ont été fabriquées à partir d'une plume de Fumseck, le phénix domestiqué par Dumbledore.

LE SPHINX

Le Sphinx est une créature hybride possédant le visage d'une femme, le corps d'un lion et les ailes d'un oiseau.

LA TERREUR DE THÈBES

Ce monstre terrifiant est envoyé par Héra (la déesse du mariage et de la fécondité) dans la ville de Thèbes afin de punir le roi Laïos, coupable d'avoir enlevé un roi ennemi. Le Sphinx, animal fantastique au buste de femme, au corps de lion et aux ailes d'oiseau, pose des énigmes aux voyageurs qui passent près de son rocher. Ceux qui ne peuvent y répondre sont immédiatement dévorés.

LE COURAGE D'ŒDIPE

Œdipe, le fils caché du roi Laïos, décide d'affronter le Sphinx et l'une de ses redoutables énigmes. Œdipe est un homme intelligent et vif d'esprit. Il ne craint pas ce « duel intellectuel » et, prenant son courage à deux mains, il se rend au pied du rocher où trône le Sphinx.

L'ÉNIGME ENFIN RÉSOLUE

Lorsqu'Œdipe rencontre le Sphinx, ce dernier lui demande : « Quel être marche à quatre pattes le matin, à deux à midi et à trois le soir ? » Aussitôt Œdipe répond : « L'homme, car enfant, il se déplace à quatre pattes, adulte il se tient sur ses jambes et vieillard, il s'aide d'une canne. » Vaincu pour la première fois, le Sphinx fou de rage se jette dans le vide et disparaît à jamais.

UN MONSTRE MYTHOLOGIQUE

- PARENTS : Echidna (mère) et Orthos (père).
- FRÈRES ET SŒURS : Cerbère, Chimère, l'Hydre de Lerne et le lion de Némée.
- AUTRE NOM : « Sphinge » ou « Sphynge ».
- ORIGINE : mythologie grecque.

NUL N'ÉCHAPPE À SON DESTIN

Les habitants proclament Œdipe roi de Thèbes et le marient à la veuve du roi Laïos, Jocaste, réalisant ainsi la prédiction de l'oracle : sans le savoir, Œdipe a tué son père (le vieillard) et a épousé sa mère (Jocaste).

LA SIRÈNE NORDIQUE

La sirène est une créature marine connue pour sa beauté divine et surtout pour sa sublime queue en forme de nageoire de poisson.

UNE CRÉATURE FANTASTIQUE

- AUTRES NOMS : mermaid, ondine, nixe, draga, dona d'aigua, Mami Wata.
- SYMBOLE EN ASTRONOMIE : la planète Vénus.
- ORIGINE : mythologie scandinave.

UNE BEAUTÉ SOUS-MARINE

La sirène peut s'engouffrer dans les profondeurs de l'océan. Elle ne craint pas les prédateurs comme les requins, car elle est très rapide et mobile grâce à sa grande nageoire. La sirène respire sous l'eau et dort habituellement dans un gigantesque coquillage coquettement aménagé. Une légende raconte qu'elle aurait pour ancêtre Aphrodite, la déesse grecque de l'amour.

La sirène grecque

Mi-femme, mi-oiseau, la sirène grecque est physiquement différente de la sirène nordique.

Un chant ensorceleur

Son chant est si beau qu'il a le pouvoir d'envoûter les marins, lesquels en oublient de tenir la barre du navire et finissent par s'échouer et trouver la mort.

La ruse d'Ulysse

Mis en garde par la magicienne Circé, Ulysse demande à ses compagnons de se boucher les oreilles et de l'attacher au mât de son navire. Il veut écouter le chant des sirènes sans pour autant succomber au danger. Vexées qu'Ulysse échappe à leur piège, les sirènes se suicident en se jetant dans la mer.

Créatures sublimes ou monstrueuses

Il existe de nombreux mythes sur les sirènes : certains parlent de créatures magnifiques qui aident les marins et les sauvent des noyades, d'autres récits évoquent de terribles monstres. C'est le cas de *Margygr* (la « géante des mers »), une gigantesque et hideuse sirène, qui habite dans les mers scandinaves.

Les sirènes existent-elles vraiment ?

Dans ses récits, le navigateur Christophe Colomb prétend avoir vu de véritables sirènes à proximité des côtes américaines. Selon les scientifiques, il les aurait confondues avec des lamantins ou des dugongs, qui possèdent une longue queue comme les sirènes.

LE TROLL

Le troll est un géant stupide, laid et naïf.

UNE ODEUR RÉPUGNANTE

Le troll ne parle pas et ne suit aucune règle hormis les siennes. Vêtu de peaux de bêtes, il dégage une odeur pestilentielle.

UNE CRÉATURE PAS TRÈS FRÉQUENTABLE !

Le troll est un être solitaire et malveillant, à l'aspect monstrueux. Il vit principalement dans des grottes enfouies au milieu des montagnes, afin de se cacher du soleil. S'il s'expose au soleil, le troll se transforme immédiatement en pierre.

UN SAUVAGE AFFAMÉ

Un fois la nuit tombée, le troll sort de sa caverne pour trouver de la nourriture. Véritable goinfre, il mange tout le temps et n'importe quoi. Cette créature laide, sauvage et violente n'hésite pas à dévorer des humains, notamment des enfants.

Les trolls ont des cousins de petite taille qui sont très gentils et vivent en communauté. Ces trolls possèdent de nombreux pouvoirs magiques : ils peuvent notamment se transformer en rocher ou encore guérir leurs blessures. À l'image de Gothi, ces petites créatures sont drôles et bienveillantes.

L'ENT

L'Ent est une créature gigantesque ressemblant à s'y méprendre à un arbre.

LE PROTECTEUR DES FORÊTS

L'Ent a l'apparence d'un arbre. Sa peau a la même texture et la même couleur que l'écorce d'un arbre, sa barbe et sa chevelure ressemblent à des branches touffues. Créature bienveillante, elle protège la forêt de ceux qui veulent lui nuire.

ASTUCE

Traverse la forêt en chantant : « Je suis un humain, chers amis Ents, tendez-moi la main. »

UNE MAUVAISE VUE

Si tu te promènes dans la forêt de Fangorn, sois prudent ! L'Ent est une vieille créature qui ne voit pas très bien : il risque de te confondre avec un Orc, son ennemi juré, et de t'écraser avec son bras géant.

LE SAIS-TU ?

L'Ent n'a pas beaucoup de patience. En plus, il est têtu et a un mauvais caractère ! Il utilise une langue incroyable qu'il est le seul à comprendre.

UNE CRÉATURE FANTASTIQUE

- PARTICULARITÉ : il parle lentement.
- TAILLE : Sylvebarbe mesure 4,25 m de haut.
- ENNEMIS : les Orcs.
- COUSINS : les Huorns.
- AUTRES NOMS : Onodrim, Enyd.
- ÉTYMOLOGIE : le nom Ent signifie « géant » en vieil anglais.
- ORIGINE : *Le Seigneur des Anneaux* de J. R. R. Tolkien.

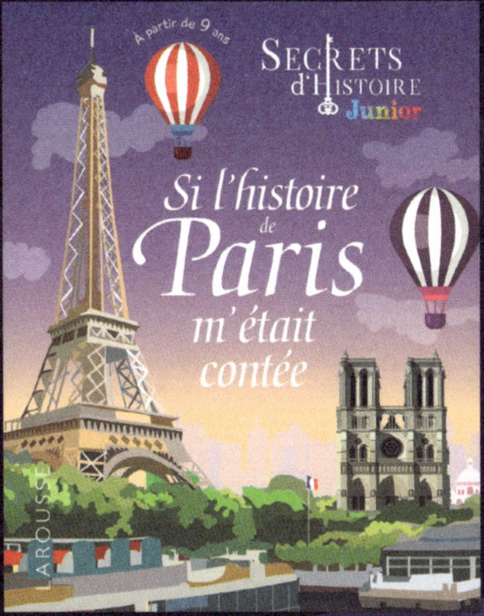
À partir de 9 ans
SECRETS d'HISTOIRE Junior
Si l'histoire de Paris m'était contée
LAROUSSE

SECRETS d'HISTOIRE Junior
Si le temps des Dinosaures m'était conté
DÈS 8 ans
LAROUSSE

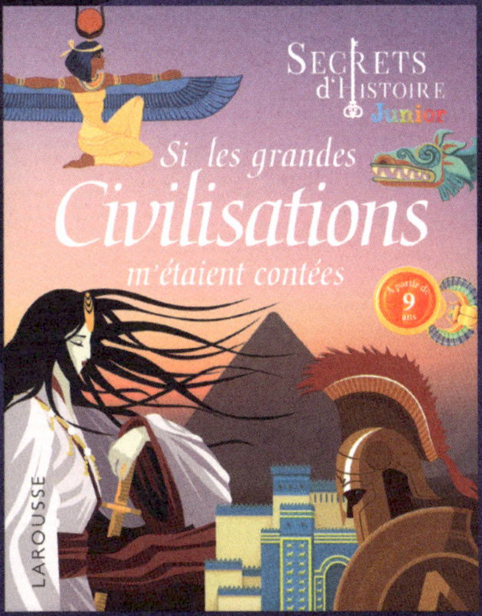
SECRETS d'HISTOIRE Junior
Si les grandes Civilisations m'étaient contées
À partir de 9 ans
LAROUSSE

SECRETS d'HISTOIRE Junior
DÈS 9 ANS
Si l'Égypte m'était contée
LAROUSSE

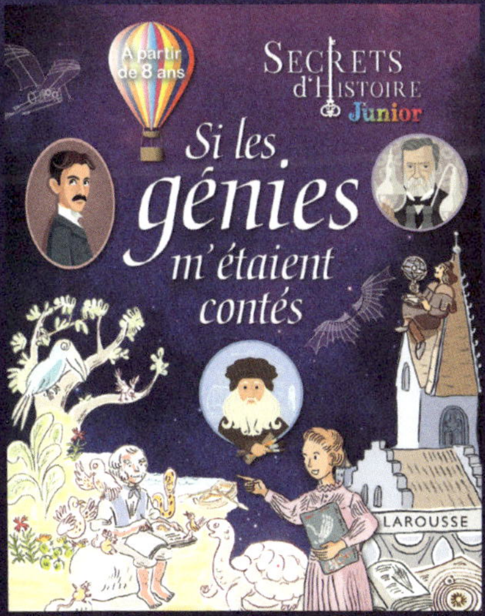
À partir de 8 ans
SECRETS d'HISTOIRE Junior
Si les génies m'étaient contés
LAROUSSE

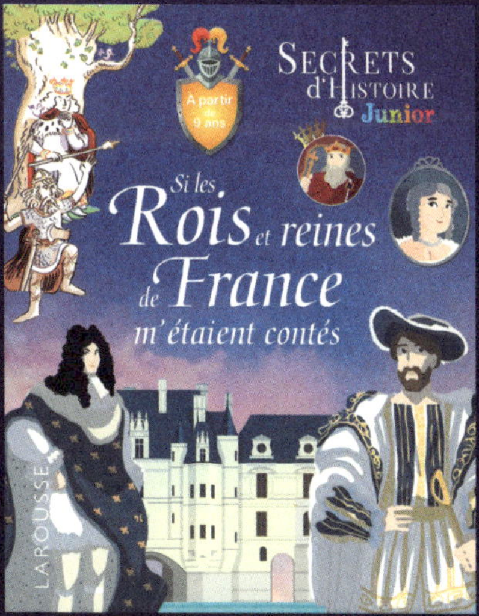
À partir de 9 ans
SECRETS d'HISTOIRE Junior
Si les Rois et reines de France m'étaient contés
LAROUSSE